Alma Flor Ada

F. Isabel Campoy

Celebra el Día de San Patricio

con Samantha y Lola

ilustrado por **Sandra Lavandeira**

ALFAGUARA

Samantha adora la danza irlandesa.
Le gusta vestirse, reír, bailar,
ponerse un bonito disfraz
y estar lista siempre a participar.
Lola la admira.
¡A ella también le gustaría bailar!

—¡Mira, aprendí unos pasos de danza! —
dice Lola mientras salta.

Su hermano comenta: —Con sólo tres
saltos no hay mucha esperanza.

Lola se ríe: —Recuerda, Tomás,
"Pasito a pasito la meta se alcanza".

6

Para celebrar el Día de San Patricio
habrá en la escuela una presentación.
Todos mostrarán sus talentos.
Habrá música, teatro, baile y canción.

Samantha practica.
Le gusta bailar.
Uno, dos, tres…
Lola la imita:
uno, dos, tres…

8

Cuatro, cinco, seis…
¡Qué alegre es esta danza!
Pasito a pasito,
la meta se alcanza.

—¡Qué lindos son tus zapatos!
¡Qué elegante es tu vestido!
Y me encanta tu peluca.
El pelo rizado es mi preferido.

—Si te gusta tanto, adelante, amiga, pruébatelo todo.
¡Te verás de maravilla!

—¡Qué ruido! ¡Qué saltos!
—dice Victoria, la hermana
de Samantha—.
¿Qué hacen?

¡Aprendí unos pasos de danza!
—dice Lola mientras salta—.
Siete, ocho, nueve, diez.

Victoria comenta: —Con sólo diez pasos
no hay mucha esperanza.

Samantha se ríe: —Recuerda, Victoria,
"Pasito a pasito la meta se alcanza".

Llegó el Día de San Patricio.
Samantha sorprende a Lola:
—Tu nombre está en el programa.
¡Ya puedes bailar tú sola!

14

—Pero, ¿yo?... —exclama Lola nerviosa—.
¡Apenas conozco unos pasos de danza!

—Recuerda, Lola, "Pasito a pasito
la meta se alcanza".

¿Qué es
el Día de
San Patricio?

17

San Patricio nació en Gran Bretaña, pero vivió muchos años en Irlanda. Gran Bretaña e Irlanda son dos países de Europa.

San Patricio fue un hombre extraordinario.
Ayudó a muchas personas y siempre fue generoso
con los necesitados. Por eso, en la religión católica
se le considera "santo". San Patricio es el "santo
patrono" de los irlandeses, es decir, su santo más
importante.

En Estados Unidos viven muchos irlandeses que llegaron hace muchos, muchos años. Los irlandeses trajeron la costumbre de celebrar la fiesta de su santo. El Día de San Patricio se celebra con desfiles y fiestas ¡en más de 100 ciudades de Estados Unidos!

Uno de los desfiles más grandes y vistosos es el de la Ciudad de Nueva York. Se dice que unos soldados irlandeses hicieron en Nueva York el primer desfile de San Patricio. Eso fue hace muchos años, en 1762.

El Día de San Patricio siempre se celebra el 17 de marzo, que fue la fecha en que murió este santo. Pero el Día de San Patricio es mucho más que una fiesta religiosa. Es una ocasión para celebrar la cultura irlandesa.

La gente se viste de verde, que recuerda el color de los campos de Irlanda. La danza tradicional irlandesa y la música de los gaiteros llenan los desfiles de alegría. La gaita es un instrumento típico irlandés.

Durante todo el mes de marzo, las tiendas, las escuelas y las casas se decoran con cosas irlandesas. Por ejemplo, el trébol, una planta que abunda en Irlanda.

Los primeros irlandeses creían que los tréboles traían buena suerte. Esta creencia sigue viva no sólo entre los irlandeses, sino en muchas otras culturas.

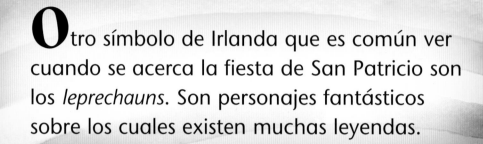

Otro símbolo de Irlanda que es común ver cuando se acerca la fiesta de San Patricio son los *leprechauns*. Son personajes fantásticos sobre los cuales existen muchas leyendas.

Se dice que los *leprechauns* son duendes traviesos que trabajan como zapateros. Cada *leprechaun* tiene un gran tesoro escondido al final del arco iris. El tesoro es una gran olla llena de monedas de oro. Para encontrarlo, hay que atrapar al duende o, sencillamente, hacerse amigo de él.

En todos los países donde hay católicos se celebran fiestas en honor a los santos patronos. Todas son tan alegres e interesantes como la de San Patricio.

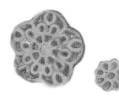

Carroza de estudiantes del Boston College en el desfile del Día de San Patricio en las calles de South Boston, Massachusetts.
© Ted Spiegel/CORBIS

Un hombre de Chicago, Illinois, ataviado para celebrar el Día de San Patricio.
© Sandy Feisenthal/CORBIS

Espectadores del desfile del Día de San Patricio en la Ciudad de Nueva York.
© Catherine Leuthold/CORBIS

Un enorme *leprechaun* de peluche se confunde entre los espectadores del desfile del Día de San Patricio por la Quinta Avenida de la Ciudad de Nueva York.
© Joseph Sohm; ChromoSohm Inc./CORBIS

Un hombre participa con su auto miniatura en el desfile del Día de San Patricio en San Diego, California.
© Richard Cummins/CORBIS

Participantes en el desfile del Día de San Patricio en Nueva Orleáns, Luisiana, arrojan collares desde una carroza.
© Philip Gould/CORBIS

Dos amigas lucen disfraces originales en la celebración del Día de San Patricio en San Diego, California.
© Richard Cummins/CORBIS

Unos niños desfilan disfrazados en la Procesión de Las Fallas en Valencia, España, durante la celebración de la fiesta de San José, patrono de la ciudad.
© Paul Almasy/CORBIS

El río Chicago se tiñe de verde como parte de las festividades del Día de San Patricio en Chicago, Illinois.
© Sandy Feisenthal/CORBIS

Estatuas de San Félix y de otros santos recorren las calles de Vilafranca del Penedes, España, durante la fiesta del santo patrono.
© Stephanie Maze/CORBIS

Un grupo de gaiteros japoneses participa en el desfile del Día de San Patricio en la Ciudad de Nueva York.
© Szenes Jason/CORBIS SYGMA

Una flota de pequeños botes acompañan la imagen de San Nicolás, patrono de los viajeros, durante las fiestas en honor del santo en Bari, Italia.
© Fabian Ceballos/CORBIS SYGMA

Los tréboles son un símbolo de la cultura irlandesa.
© Royalty-Free/CORBIS

Niñas con vestidos españoles desfilan con pequeños altares durante las celebraciones del Santo Niño, en Mandaue, Cebu, Filipinas.
© Paul A. Souders/CORBIS

Un niño participa en el desfile del Día de San Patricio en San Diego, California, con el pelo pintado de verde y un trébol dibujado en la mejilla.
© Richard Cummins/CORBIS

Un malabarista entretiene a los cientos de peregrinos que llegan a visitar a la Virgen de Guadalupe en su basílica de la Ciudad de México durante las celebraciones en honor de la santa patrona de los mexicanos.
© Danny Lehman/CORBIS

Dos amigas con sombreros irlandeses participan en la celebración del Día de San Patricio en Dover, Delaware.
© Kevin Fleming/CORBIS

Celebrar y crecer

A lo largo de la historia y en todas partes del mundo, la gente se reúne para celebrar aniversarios históricos, conmemorar a alguna persona admirable o dar la bienvenida a una época especial del año. Detrás de toda celebración está el reconocimiento de que la vida es un don maravilloso y que el reunirnos con familiares y amigos produce alegría.

En una sociedad multicultural como la estadounidense, la convivencia entre grupos tan diversos invita a un mejor conocimiento de la propia cultura y al descubrimiento de las demás. Quien profundiza en su propia cultura se reconoce en el espejo de su propia identidad y afirma su sentido de pertenencia a un grupo. Al aprender sobre las culturas ajenas, podemos observar la vida que se abre tras sus ventanas.

Esta serie ofrece a los niños la oportunidad de aproximarse al rico paisaje cultural de nuestras comunidades.

El Día de San Patricio

Mi amiga Mary Jarlath, nacida en Dundalk, Irlanda, me dijo un día en Boston: "El corazón de los irlandeses es tan grande porque nuestra isla es pequeña". Estoy convencida de que en ese gran corazón de los irlandeses viven la generosidad y la risa, la poesía y los ecos de su idioma repartidos por todo el mundo. *Go rabh maith agat Mary Jarlath, a carad.**

* En irlandés: Gracias, Mary Jarlath, mi amiga.

F. Isabel Campoy

He dedicado la vida a defender que es necesario proteger todas las culturas. ¡Qué hermoso conservar la propia y enriquecerse con las que nos rodean! Por eso es un gran gozo ver a mi nieta Samantha bailar los dinámicos bailes irlandeses y comprobar cómo aprende a admirar la cultura en la que se originaron. Mientras baila, Samantha se vuelve una con la música y contribuye a mantener viva una tradición.

Alma Flor Ada

Para Diego, Sofía y Beatriz Yaffar Matute, que la música y el baile vivan siempre en sus corazones.
AFA & FIC

Agradecimientos
Gracias a Samantha Zubizarreta, excelente bailarina de bailes irlandeses y persona sensible que inspiró este libro, y a su madre, Denise Zubizarreta, por las fotografías que contribuyeron a la autenticidad de las ilustraciones.

© This edition:
2006, Santillana USA Publishing Company, Inc.
2023 NW 84th Avenue
Miami, FL 33122
www.santillanausa.com

Text © 2006 Alma Flor Ada and F. Isabel Campoy

Editor: Isabel C. Mendoza
Art Director: Mónica Candelas

Alfaguara is part of the **Santillana Group**, with offices in the following countries:
ARGENTINA, BOLIVIA, CHILE, COLOMBIA, COSTA RICA, DOMINICAN REPUBLIC, ECUADOR,
EL SALVADOR, GUATEMALA, MEXICO, PANAMA, PARAGUAY, PERU, PUERTO RICO, SPAIN,
UNITED STATES, URUGUAY, AND VENEZUELA

Celebra el Día de San Patricio con Samantha y Lola
ISBN 10: 1-59820-117-4
ISBN 13: 978-1-59820-117-8

Published in the United States of America

Printed in USA by NuPress

18 17 16 15 14   1 2 3 4 5 6 7 8 9

Library of Congress Cataloging-in-Publication Data

Ada, Alma Flor.
[Celebrate St. Patrick's Day with Samantha and Lola. Spanish]
Celebra el Día de San Patricio con Samantha y Lola / Alma Flor Ada,
F. Isabel Campoy; ilustrado por Sandra Lavandeira.
p. cm. — (Cuentos para celebrar)
Summary: Samantha teaches Lola how to do Irish dancing by focusing on one step at a time. Includes information about St. Patrick's Day.
ISBN 1-59820-117-4
[1. Saint Patrick's Day—Fiction. 2. Folk dancing, Irish—Fiction. 3. Dance—Fiction. 4. Stories in rhyme. 5. Spanish language materials.] I. Campoy, F. Isabel. II. Lavandeira, Sandra, ill. III. Title. IV. Series.

PZ74.3.A26 2006
[E]—dc22   2005037952